EL PARQUE ENCANTADO

M

El papel utilizado para la impresión de este libro ha sido fabricado a partir de madera procedente de bosques y plantaciones gestionadas con los más altos estándares ambientales, garantizando una explotación de los recursos sostenible con el medio ambiente y beneficiosa para las personas.
Por este motivo, Greenpeace acredita que este libro cumple los requisitos ambientales y sociales necesarios para ser considerado un libro «amigo de los bosques». El proyecto «Libros amigos de los bosques» promueve la conservación y el uso sostenible de los bosques, en especial de los Bosques Primarios, los últimos bosques vírgenes del planeta.

Papel certificado por el Forest Stewardship Council®

MIXTO
Papel procedente de fuentes responsables
FSC® C117695
FSC www.fsc.org

Título original: *La strega del Luna Park*
Publicado por acuerdo con Edizioni Piemme, S.p.A.
Adaptación de la cubierta: Penguin Random House Grupo Editorial / Judith Sendra

Primera edición: noviembre, 2014

Texto de Roberto Pavanello
Proyecto editorial de Marcella Drago y Chiara Fiengo
Proyecto gráfico de Laura Zuccotti
Realización editorial de Atlantyca Dreamfarm s.r.l.
Diseño de la cubierta y de las ilustraciones de Blasco Pisapia y Pamela Brughera
www.batpat.com
International Rights © Atlantyca, S.p.A., Via Leopardi 8, 20123 Milán, Italia
foreignrights@atlantyca.it *www.atlantyca.it*

Printed in Spain – Impreso en España

ISBN: 978-84-9043-209-9
Depósito legal: B-21.054-2014

Compuesto en Compaginem Llibres, S. L.

Impreso en Talleres Gráficos Soler, S. A.
Esplugues del Llobregat (Barcelona)

GT 3 2 0 9 9

BAT PAT

EL PARQUE ENCANTADO

TEXTO DE ROBERTO PAVANELLO

montena

¡¡¡Hola!!!
¡Soy Bat Pat!

¿Sabéis a qué me dedico?
Soy escritor. Mi especialidad son los libros escalofriantes: los que hablan de brujas, fantasmas, cementerios...
¿Os vais a perder mis aventuras?

Os presento a mis amigos...

Rebecca

Edad: 8 años
Particularidades: Adora las arañas y las serpientes. Es muy intuitiva.
Punto débil: Cuando está nerviosa, mejor pasar de ella.
Frase preferida: «¡Andando!».

Martin

Edad: 10 años
Particularidades: Es diplomático e intelectual.
Punto débil: Ninguno (según él).
Frase preferida: «Un momento, estoy reflexionando...».

Leo

Edad: 9 años
Particularidades: Nunca tiene la boca cerrada.
Punto débil: ¡Es un miedica!
Frase preferida: «¿Qué tal si merendamos?».

¡Hola, amigos voladores!

¿Os gustan los cuentos de hadas? Me refiero a los cuentos sobre reyes, princesas, hadas, animales que hablan y cosas así. Seguro que alguno de vosotros está pensando que ya es un poco mayor para eso y que prefiere las historias de intriga y, sobre todo, ¡las historias escalofriantes!, ¿verdad? Pero a que si os dijera que también hay cuentos de hadas aterradores, poblados de criaturas malvadas, lugares embrujados, hechizos poderosísimos y magia extraordinaria, ¿os atraería mucho más?

Puede que a muchos de vosotros sí, pero a mí... ¡ni hablar!

En fin, que me habría encantado ahorrarme esta espantosa aventura de la que salimos vivos por los pelos. ¿He despertado vuestra curiosidad? Ese es el deber de todo buen escritor. Y ahora, valor y... ¡disfrutad de la lectura!

1

¡TODOS A LA FERIA!

Muchos de vosotros ya casi conocéis mejor que yo las costumbres de la familia Silver. A los demás os diré que las noticias más interesantes suelen llegar al número 17 de Friday Street gracias al señor Silver, que devora todos los días el *Eco de Fogville*. Y eso fue lo que pasó aquella fría mañana de invierno. Era sábado y los chicos estaban en casa.

—¡La banda Birla Plata ha vuelto a cometer un robo! —exclamó el señor Silver al leer la primera noticia—. ¡Ya van cinco! Esta vez han robado una copa y dos espadas de gran valor. ¿Acaso la policía está en las nubes?

Sus hijos lo miraron, somnolientos todavía, y no dijeron nada. Pero en cuanto su padre comentó la segunda noticia, se despertaron de golpe.

—Bueno, al menos esto os gustará —dijo sonriendo—. La feria Luna Park ha llegado a Fogville. Está previsto que abran mañana por la tarde.

La noticia fue recibida con gritos de alegría. De vez en cuando los hermanos Silver parecían niños normales que solo tenían ganas de divertirse.

Al día siguiente se presentaron puntuales en la entrada, centelleante de luces de colores, y fueron montando en todas las atracciones posibles: tiovivos, montañas rusas, barcos pirata, toboganes, autos de choque... Todo acompañado de churros y algodón de azúcar. ¡Una auténtica diversión!

—¡Eh, esta no estaba el año pasado! —exclamó

LunaPark

Rebecca mientras señalaba una especie de montaña cubierta de musgo y árboles artificiales.

—«Tenebroso Bosque del Terror» —leyó Leo—. No me llama nada la atención. Ya soy mayor para según qué cosas.

—¿No será que tienes miedo? —lo pinchó Rebecca.

—¡Claro que no! —replicó su hermano, enfadado—. Ya sé que los monstruos que te saltan encima son de mentira y que los esqueletos son de goma. ¿Qué te crees?

—Entonces no te importará que demos una vueltecita, ¿no? —intervino Martin, al que todavía le quedaban tres fichas—. ¡Invito yo!

Subimos a una de las vagonetas que llevaban al interior, adornadas con telarañas de mentira y dos farolillos.

—¿Habéis leído el cartel? —dijo Martin—. Si consigues quitarle la muñeca a la bruja que aparece

durante el recorrido, ganas un premio. ¿Estáis listos, chicos? ¡Allá vamos!

La vagoneta se puso en marcha y en cuanto cruzamos la entrada nos envolvió la oscuridad más oscura que he visto en mi vida.

De repente un rayo rasgó el cielo e iluminó unos troncos retorcidos. Poco después oímos retumbar un trueno. La vagoneta cogió velocidad y se metió entre dos paredes de roca. A los lados de las vías fueron apareciendo montoncitos de monedas de oro, cofres llenos de piedras preciosas, anillos, collares, espadas, coronas, diademas...

—¡Parecen de verdad! —exclamó Rebecca alargando la mano para tocarlos.

De pronto apareció una calavera aullando y meneándose y justo después un grupito de duendes de ojos rojos nos saltó encima chillando y nos tiró del pelo. A continuación les llegó el turno a los fantasmas y, para acabar, un gigante de color verde se plantó delante de nosotros, decidido a no dejarnos pasar. Pero la vagoneta se coló entre sus piernas, y las manazas del gigante no agarraron más que aire.

—¡Quiero salir de aquí! —gritó Leo.

—¿Justo ahora que empieza lo bueno?

Rebecca, emocionada, señalaba una silueta oscura montada en una escoba que estaba a punto de abalanzarse sobre nosotros. Detrás iba sentada una vieja muñeca de trapo con el pelo naranja y grandes ojos azules.

Leo intentó esconderse bajo el asiento, en cambio Martin y Rebecca se levantaron y trataron de agarrar a la muñeca.

—¡Imposible! —gritó Rebecca—. Es demasiado rápida.

—Sí —añadió Martin—. Ni siquiera Bat lo conseguiría.

¿Cóóómo? ¿Que un muñeco mecánico era más rápido que un murciélago acrobático como yo? ¡Menuda ofensa!

Salí disparado como un misil hacia la bruja y, antes de que se diera cuenta, le había quitado la muñeca y me había ido.

—¡Genial, Bat! —gritaron mis amigos al salir, mientras íbamos a recoger el premio.

Cuando la feriante apareció detrás del cristal, nos quedamos sin habla: una capucha oscura le tapaba la cara casi por completo; solo se le veía la punta de su afilada nariz y los ojos... amarillos como los de un gato.

Rebecca no se dejó asustar.

—Venimos a buscar el premio. ¿Qué es?

La mujer la miró fijamente y contestó con voz aguda:

—Lo tienes en la mano. La muñeca. Es un modelo muy valioso. ¿Habéis visto lo arregladita que va?

Los chicos la miraron con atención: llevaba unos botines rojos, un delantal, un vestido azul oscuro y una camisa clara. Debía de haber sido una muñeca muy bonita.

—Vale que va muy bien vestida, pero ahora no es más que una muñeca vieja —protestó Rebecca—. ¿Qué clase de premio es este?

—Un gran premio, ¡créeme! —replicó la feriante con una sonrisa.

Y desapareció tal como había aparecido.

2

¿ES UN SUEÑO O ESTOY DESPIERTO?

Lo que nos encontramos al llegar a casa hizo que nos olvidáramos por completo del inquietante encuentro que acabábamos de presenciar. La señora Silver estaba sentada en un sillón con la pierna escayolada de la rodilla para abajo. Al volver del supermercado con su marido había resbalado en unos escalones y se había roto la pierna. Por todos los mosquitos, ¡qué mala pata!

Por suerte, los Silver no pierden los nervios con

facilidad. Su marido había llamado a una agencia para que les echaran una mano con la casa.

—Mañana por la mañana nos enviarán a una señora de la limpieza —dijo sonriendo con satisfacción—. ¿Contenta, cariño?

—¡Oh, lo siento! ¿Podréis arreglároslas sin mí?

—Nos las arreglaremos de maravilla —la tranquilizó él—. Tú solo piensa en recuperarte.

Después llevó a sus hijos aparte y les dijo:

—Chicos, espero contar con vosotros en esta situación de emergencia. Si cada uno hace sus ta-

reas y evita meterse en problemas, todo irá bien. ¿De acuerdo?

Los chicos estaban de acuerdo, claro, pero ya sabéis cómo son... Si no se buscan problemas, los problemas los buscan a ellos...

Aquella noche hicieron lo posible por empezar con buen pie.

—¡Yo pongo la mesa y sirvo! —dijo Leo.

—¡Yo te ayudo y lavo los platos! —añadió Martin.

—¡Yo guardo la muñeca y voy a la cocina a echar una mano! —acabó Rebecca.

—¿De dónde has sacado ese montoncito de trapos viejos? —preguntó su padre haciendo una mueca.

—Es una especie de premio que hemos ganado en la feria.

La muñeca acabó en una estantería de la habitación y todos se olvidaron de ella rápidamente.

La cena transcurrió sin demasiados incidentes excepto por los dos platos que rompió Leo mientras ponía la mesa, las gafas de Martin, que acabaron en el fregadero lleno de espuma, y la tortilla quemada del señor Silver, que solo le pareció buena a Leo.

Luego vimos todos juntos la comedia que había elegido Leo para levantar el ánimo a la señora Silver y después nos metimos en la cama o nos colgamos de la viga del techo, según la especie.

La luna brillaba en el cielo y me apetecía estirar un poco las alas, pero las corrientes de aire frío que se colaban por el desván me quitaron las ganas. Así que me dediqué a pensar en el título de mi próxima novela de terror: ¿era mejor *Los huesos del tío Tom reposan en el jardín* o *En el jardín reposan los huesos del tío Tom*? Mientras me exprimía el cerebro intentando tomar una decisión, oí un golpe seco en la habitación de los hermanos Silver.

«Leo debe de haberse dado un cabezazo contra la pared al volverse en la cama...», pensé.

Fui a echar un vistazo. La luz de la luna iluminaba tenuemente la habitación y deformaba las sombras de los muebles. Todo estaba inmóvil, también Leo. Pero ¡el suelo era un caos! Había cajas de juguetes, ropa e incluso la última y magnífica novela de Edgar Allan Papilla que Martín estaba leyendo, *La dentadura postiza de Drácula*. ¡Así pretendían ayudar a la señora Silver? ¿Dejando la habitación hecha un desastre?

Justo cuando iba a volver al desván, vi una sombra oscura trepando como un muñeco mecánico por la librería. Al llegar a la primera estantería empezó a remover los libros y a tirarlos al suelo. Cuando la luz de la luna la iluminó, reconocí el pelo color naranja: ¡era la muñeca de la feria! Por el sónar de mi abuelo... ¿Estaba soñando?

Me restregué los ojos para ver mejor y cuando los abrí otra vez... la muñeca estaba sentada, quieta, en la estantería. ¿Me lo había imaginado?

Desafié el frío de la noche y salí a refrescarme las ideas. Cuando volví a entrar, pasé por la habitación de los chicos. La muñeca estaba en el mismo sitio y la habitación seguía hecha un desastre.

3

LUDMILLA LA GRANDE

A la mañana siguiente, a pesar de que era domingo, el timbre de la puerta sonó insistentemente a las siete en punto.

El señor Silver fue a abrir en pijama y se encontró con una mujer grandota, de expresión severa, que llevaba un abrigo oscuro y un gorro peludo.

—¿Es usted el señor Silver? —preguntó con un fuerte acento ruso.

—Sí. ¿Y usted es...?

—Me llamo Ludmilla. Me envía la agencia. Creo que llamaron ayer.

—¡Ah, sí, la agencia! —El señor Silver asintió sonriendo—. Usted debe de ser la asistenta...

—Colaboradora doméstica altamente especializada, si no le molesta. ¿Me permite pasar?

—Desde luego, adelante...

Ludmilla entró, se quitó el gorro peludo y dejó al descubierto un cabello de color zanahoria recogido en una gruesa trenza. Le pasaba un palmo al señor Silver.

—Huele a quemado... ¿Quién cocina? ¿Usted?

—Eso intento. Mi esposa ha tenido un pequeño accidente. Venga, se la presentaré...

Aunque solo hablaron unos minutos, las dos mujeres se entendieron a la perfección. Después la «colaboradora doméstica altamente especializada» se cambió de ropa y entró en acción.

—¿Tiene hijos?

—Sí, tres. Pero aún están durmiendo. Ya sabe, es domingo...

—Excusas. La gente sana se levanta pronto y se acuesta pronto. ¡Yo me ocupo!

Los tres hermanos roncaban a pierna suelta cuando un ciclón con delantal, armado con una escoba y un trapo, irrumpió en la habitación y abrió la ventana de par en par.

—¡Eh! —protestó Rebecca—. ¿No se llama antes de entrar?

—¿Quién es usted? —preguntó Martin, que miraba con cara de sueño a la mujerona.

—Esta señora se llama Ludmilla y es la nueva asisten... ejem... colaboradora doméstica altamente especializada —se corrigió el señor Silver—. Le presento a Martin y Rebecca. El que sigue durmiendo es Leo.

Yo aparecí en la entrada justo en ese momento. La habitación estaba más desordenada de lo que recordaba. Miré a mi alrededor en busca de la muñeca, pero no la vi.

—¿Qué es esto? —gruñó Ludmilla mirando aquel caos.

—¡No hemos sido nosotros! —se quejó Rebecca—. Alguien nos ha gastado una broma durante la noche, y creo saber quién ha sido: ¡Baaat!

¿Había oído bien? ¡Mi ama sospechaba de mí!

—¿Y quién es ese Bat? —preguntó Ludmilla—. ¿El cuarto hijo?

—Eh... casi —respondió el señor Silver con una risita—. No esperaba esto, chicos. ¿No veis cómo me hacéis quedar?

—¿Sabéis qué dicen en mi país? —replicó Ludmilla bajando la voz—. A los niños que dicen mentiras... ¡se los lleva Baba Yaga! —gritó.

Leo se despertó de golpe y al ver a la mujer se llevó un susto de muerte.

—¡Socorro! ¡Un gigante! ¿Quién es esta?

—Es Ludmilla —explicó el señor Silver—. Y dice que si no lo ordenáis todo, tendréis problemas con Baba Yaga.

—¿Barba Maga? —replicó Leo, que miraba inquieto a la asistenta—. ¿Y quién es Barba Maga?

—Baba Yaga —lo corrigió Martin—. Es la bruja de los cuentos rusos, ¿verdad, señora?

—Exacto, jovencito. Si no sois más ordenados, la llamaré yo misma.

—Ya se lo he dicho: no hemos sido nosotros, ha sido Bat —insistió Rebecca lanzándome una mirada cuando me asomé otra vez por la puerta.

Ludmilla se dio la vuelta y, en vez de al cuarto hijo, vio un horripilante murciélago doméstico.

Al menos eso es lo que debió de pensar, porque retrocedió y empezó a gritar, aterrorizada:

—¡Atrás! ¡No te muevas, monstruo!

Hasta entonces nadie me había llamado «monstruo», pero la idea de que mi presencia pudiera dar miedo a alguien me puso de buen humor.

Por desgracia, la cosa duró poco. Pasado el susto, la mujer empezó a perseguirme con la escoba y no me quedó otra que refugiarme en el desván mientras los malvados Silver se reían a carcajadas.

4

LA MALVADA MUECA DE LA MUÑECA

Cuando Ludmilla se fue al mediodía, la casa brillaba como un espejo y la habitación de los chicos estaba impecable.

En cuanto a mí, a pesar de que Rebecca le explicó mil veces que yo era un tierno e inofensivo miembro de la familia, solo consiguió que no quisiera acabar conmigo a escobazos. Aun así, mientras ella andaba por la casa, yo... ¡andaba lejos de ella!

¿Todo resuelto? ¡Ni mucho menos! Tenía que

contarles a los Silver la historia de la muñeca, que entretanto había vuelto a aparecer en la estantería.

—¡Ha sido ella, os lo aseguro! Anoche la sorprendí curioseando entre vuestras cosas y tirándolo todo por el suelo —les expliqué, pero los tres me miraron con desconfianza.

Saber que tienes razón y que no te crean es una sensación horrible.

Por la noche la muñeca volvió a las andadas y puso el vestíbulo en su punto de mira.

Mi finísimo oído la captó bajando por la escalera con sus piececitos de trapo. Tuf, tuf, tuf... El pulso se me aceleró.

Podría haber avisado a mis amigos, pero estaba seguro de que se quedaría inmóvil en cuanto apareciera alguien, como había hecho conmigo el día anterior. Para comprobarlo, encendí de golpe la luz del pasillo: la muñeca se detuvo como un robotito

y se «desinfló» en una estantería. Cuando apagué la luz, el montoncito de trapo volvió a cobrar vida y abrió con cuidado un aparador. Pero, al contrario que la noche anterior, no hizo el más mínimo ruido. Apartó un par de cosas y sacó una pesada tetera de plata. ¡Menuda fuerza! Después, dejó el armario abierto, se acercó a la ventana, la abrió y... ¡salió volando!

¡Por todos los mosquitos! ¿Sabía volar? No podía dejarla escapar, y menos aún con la tetera de la se-

ñora Silver. Salí por la ventana y la seguí como una sombra invisible utilizando la famosa técnica del Rastreo Rápido-Lento que había aprendido en el curso de mi primo Ala Suelta, miembro de la patrulla de vuelo acrobático.

La muñeca esquivaba los edificios como un rayo con la tetera en la mano. De repente vi que miraba fijamente la tetera y luego se volvía: ¡debía de haber visto mi reflejo en la superficie de plata! Se metió en un callejón oscuro y cuando llegué... ¡había desaparecido! ¡Por todos los mosquitos! ¿Y ahora qué? ¡Un momento! Todavía podía hacer algo: convencería a mis amigos de que no tenía alucinaciones enseñándoles el aparador abierto, la ventana entornada (yo no sé abrir ventanas, que quede claro), la tetera desaparecida y, sobre todo, la ausencia de la muñeca ladrona.

Volví a casa, desperté a Rebecca y la hice bajar al vestíbulo mientras se lo explicaba todo. Ella me si-

guió de mala gana y cuando encendió la luz... ¡no vio nada de lo que yo le había dicho! El aparador estaba cerrado y la ventana también. Le pedí que comprobara si la muñeca estaba en la estantería donde la había dejado y, cuando lo hizo, me quedé boquiabierto: allí estaba, sonriente.

—Bat, ¿cuándo dejarás de soñar despierto? —me dijo Rebecca mientras volvía a la cama con la muñeca bajo el brazo.

La miré: ¡su dulce sonrisa se había transformado en una malvada mueca!

5

¿TE CUENTO UN CUENTO?

A la mañana siguiente Ludmilla volvió e inspeccionó nuestra habitación. La encontró en orden, tal como la había dejado, y nos felicitó.

—¡Muy bien! De momento no llamaré a Baba Yaga.

—Vamos, señora —dijo Leo—. No somos unos críos. No nos asusta esa... Baby Yogur... o como quiera que se llame.

—Baba Yaga, querido jovencito, vive en el corazón de un tenebroso bosque —repuso Ludmilla, enfurecida—. Su cabaña está hecha con huesos de muertos y se apoya sobre dos patas de gallina. Los pestillos de las ventanas son dedos de manos y pies humanos, y la cerradura es una boca con dientes afilados. Agradece que no aparezca delante de ti con su caldero volador, el cabello grasiento, la piel llena de verrugas, la barbilla y la nariz tan curvas que casi se tocan... Tiene las uñas largas y negras, y guía su caldero con un mazo, en busca de niños a los que devorar...

—Ejem... —Leo tragó saliva—. Solo era una forma de hablar...

En ese momento Ludmilla vio la muñeca de pelo naranja, que la miraba desde la estantería.

—*Tryapichnaya kukla*... —murmuró—. Una muñeca de trapo como las de mi país. ¿De dónde la habéis sacado?

—Oh, es una historia bastante rara... —contestó Rebecca—. Si quiere se la regalo.

—¡No! —replicó Ludmilla—. Estas muñecas traen suerte y quien tiene una debe quedársela. ¿Conocéis la historia de la bella Vassilissa?

—Es un cuento ruso, ¿verdad? —dijo la enciclopedia Martin—. Si no recuerdo mal, trata de un comerciante rico que tiene una hermosa hija llamada Vassilissa y se queda viudo. Antes de morir, la madre regala a la hija una muñeca mágica y le dice que la cuide, la alimente y no se la enseñe a nadie. A cambio, la muñeca la protegerá y la ayudará siempre.

Ludmilla se sentó.

—Exacto —dijo con su vozarrón—. La muñeca iba vestida como Vassilissa: botines rojos, delantal blanco, vestido oscuro y camisa clara —explicó acariciando a Ojos Azules—. Un año después el padre se casó con una viuda que tenía dos hijas muy feas de la edad de Vassilissa. La madrastra envidiaba su belleza y la trataba muy mal. Le asignaba tareas agotadoras y la niña las hacía siempre sin quejarse. De hecho, cuanto más trabajaba, más hermosa se volvía, porque era la muñeca mágica quien hacía las tareas por ella. Cuando Vassilissa alcanzó la edad de casarse, su padre tuvo que salir de viaje. Para alejar a los pretendientes que llegaban a la casa a pedir la mano de aquella maravillosa joven, la madrastra decidió que se mudarían al bosque en el que vivía Baba Yaga. Allí, todos los días mandaba a Vassilissa a cortar leña con la esperanza de que la bruja se la llevara, pero la muñeca la protegía. Una noche, con la excusa de que el fuego se había apagado, la envió a pedir unas brasas a la mismísima bruja...

—¿Y fue? —preguntó Leo.

—Sí. Cuando encontró la cabaña de Baba Yaga se puso a temblar de miedo. Y al ver a la bruja, casi se desmayó.

—¿Y cómo acaba la historia? —quiso saber Leo, que no podía más de la tensión.

—¡Acaba bien, como todos los cuentos de hadas, miedoso! —lo pinchó Rebecca.

Ludmilla rió.

—La bruja le mandó unas tareas imposibles y la amenazó con comérsela si no las terminaba todas.

Pero, gracias a la muñeca, Vassilissa lo consiguió. Así que la bruja tuvo que liberarla y darle las brasas que le había pedido. Las tenía escondidas en una de las calaveras que adornaban la valla. Cuando Vassilissa volvió a casa, los ojos llameantes de la calavera miraron a la madrastra y a las hermanastras y las redujo a cenizas.

—¿Y ya está?

—No. ¡Vassilissa se casó con el hijo del zar y se convirtió en reina! —acabó Ludmilla—. Y todo gracias a una muñeca como esta. ¿Entendéis por qué debéis tratarla bien? ¡Podría ser mágica!

En ese momento la señora Silver la llamó desde el piso de abajo:

—¡Ludmilla! ¿Sabe dónde está la tetera de plata? He invitado a unas amigas a tomar el té y no la encuentro...

6

ESPIONAJE ELECTRÓNICO

Mal asunto el de la tetera. Había desaparecido justo el día en que Ludmilla había empezado a trabajar en casa. Yo sabía que ella no tenía la culpa, pero la señora Silver no..., así que acabó sospechando de la asistenta rusa y se lo comentó al señor Silver. Él pensó enseguida en la banda Birla Plata, pero después se dio cuenta de que algo no cuadraba.

—Si la ladrona fuera ella, hoy no habría venido —dijo—. Habría huido y ya está, ¿no crees, cariño?

—Tal vez tengas razón, George, o tal vez se haya propuesto robar algo más. No debemos perderla de vista. Le pediré a Bat que la vigile. ¿Qué te parece?

Cuando la señora Silver me llamó para decírmelo, estuve a punto de explicarle que Ludmilla no tenía nada que ver y que todo era culpa de una muñeca embrujada. Pero después pensé que ella también me tomaría por loco. Decidí dejarlo correr y volver a la carga con los chicos.

—¡Os aseguro que lo vi con mis propios ojos! —insistí, después de contarle a Leo y a Martin que Ojos Azules había robado la tetera—. Ese trapo sucio camina, abre armarios y ventanas y además... ¡vuela!

—Entonces ¿por qué cuando me has despertado esta noche la muñeca seguía en la estantería y el vestíbulo estaba en orden?

—Porque lo ha vuelto a poner todo en su sitio. Ya habéis oído la historia de Ludmilla. ¡Es mágica!

—Así que, según tú, ¿ahora podría estar escuchando lo que decimos? —dijo Rebecca, que tenía a Ojos Azules en las rodillas.

—¡Tápale las orejas, rápido! —le ordenó Leo, impresionado.

Mi ama obedeció.

—¿Contento? —Luego me miró y añadió—: Ahora dinos qué te ronda por la cabeza...

—Tenemos que hacer guardia y, cuando entre en acción, seguirla sin que nos vea —sugerí . Esta muñeca se da cuenta de todo.

Martin se quedó pensativo.

—Leo, ¿el sistema de microcámaras que instalaste el año pasado en el portal de casa sigue funcionando?

—A la perfección. ¿Por qué?

—Me preguntaba si sería posible ponerlo dentro de casa...

—... y comprobar si Bat sufre alucinaciones —acabó Rebecca.

La idea de Martin era genial, como siempre. En vez de perseguir a la ladronzuela de trapo, la vigilaríamos sin movernos de la habitación. Rebecca me hizo caso y metió a la muñeca en el garaje mientras Leo montaba y escondía sus «ojitos electrónicos» en las habitaciones.

Cuando acabó, la muñeca volvió a la mesilla de Rebecca y allí se quedó sin dar problemas hasta que nos acostamos.

Excepto Leo, nadie consiguió conciliar el sueño. Teníamos los ojos cerrados pero las orejas bien abiertas. Así que en cuanto la muñeca se puso derecha y saltó al suelo, la oímos. Era medianoche en punto. Esperamos a que se escabullera de la habitación y después nos levantamos y despertamos a Leo para que encendiera el ordenador.

—¿Ahora me creéis? —pregunté cuando en la pantalla apareció la muñeca avanzando por el pasillo.

—¡Alucina gelatina! —murmuró Leo, boquiabierto—. ¡Si no lo estuviera viendo con mis propios ojos, pensaría que nos habíamos vuelto locos!

—¡Mirad! Está entrando en la habitación de papá y mamá... —dijo Martin.

Leo encendió la microcámara y observamos la escena.

—¡Ha abierto el joyero de mamá! —exclamó Rebecca, alarmada—. ¡Ese es su anillo de compromiso! El primer regalo que le hizo papá: una pequeña piedra preciosa montada en un anillo de plata.

—¡Ladronzuela de tres al cuarto! —exclamó Leo agitando el puño—. ¡Como te coja, te saco el relleno de paja!

Ojos Azules se metió el anillo en el bolsillo del delantal y esta vez cerró el joyero para no levantar sospechas. Después fue a la entrada, abrió la puerta y salió volando.

—¡Se escapa! —gritó Martin—. ¡Rápido, tenemos que seguirla!

7

CAMINA QUE CAMINARÁS...

Salimos de puntillas de casa y empezamos a seguirla. Cuando la muñeca nos vio, aceleró y el único que pudo continuar tras ella, utilizando la técnica del Vuelo a Peonza, fui yo. ¡Esta vez no me dejaría despistar con tanta facilidad!

Volé como una flecha sobre las calles de Fogville, llegué al centro y acabé en la plaza del mercado: justo donde estaba la feria.

«¡Ahora lo entiendo! —pensé mientras me escondía detrás de una farola—. La muy granuja vuelve a su casa. Y creo que sé cuál es...»

La muñeca se volvió por última vez para comprobar si la seguían y, como no me vio, esbozó su malvada sonrisa y desapareció entre las sombras de las dormidas atracciones.

Poco después llegaron los Silver, jadeando.

—¿Por qué la has dejado escapar? —preguntó Leo—. Ahora no sabemos dónde se ha metido...

—Sí lo sabemos —le contradijo Martin—: en el Tenebroso Bosque del Terror.

Se le habían empañado las gafas, como ocurría siempre que estábamos a punto de meternos en problemas serios.

Nos acercamos con cuidado a la montaña de árboles artificiales, intentando distinguir la entrada en la oscuridad. Martin se metió en la boca del túnel y Rebecca y yo le seguimos conteniendo el aliento y arrastrando a Leo, que no quería entrar ni loco. «Tan miedoso como siempre», pensaréis vosotros. Sin embargo, esta vez habríamos hecho bien en seguir su ejemplo, pues no nos encontramos rodeados de esqueletos de goma, ¡sino en el interior de un tenebroso bosque de verdad!

¿Qué era aquel lugar? Si hubiera sido un cuento de hadas, habría escrito: «Camina que caminarás, los tres chicos y su murciélago llegaron a una cabaña hecha con huesos y sostenida por dos patas de gallina...».

—Pero... pero si es la cabaña de Baba... Yogur... —balbuceó Leo en cuanto la vio.

—¡Baba Yaga, Leo! —lo corrigió Rebecca.

Al oír aquel nombre, las cuencas oculares de las calaveras que había clavadas en la valla se iluminaron, la puerta se abrió ¡y la bruja en persona se asomó!

—¿Quién me llama? —preguntó con voz aguda.

Su cara era tal como la había descrito Ludmilla. Y aquellos ojos amarillos de gato me sonaban...

8

UNOS TANTO Y OTROS TAN POCO

Es la feriante! —exclamó Rebecca, que había reconocido su inquietante mirada.

—¿Qué? —farfulló Leo—. ¿La feriante es una bruja?

—No, Leo, la feriante es Baba Yaga —precisó Martin.

¡Qué pesadilla, amigos míos! Nos habían catapultado a un cuento terrorífico sin saber ni cómo. ¡Lo único que podíamos hacer era huir a la velocidad del rayo!

Pero en cuanto lo intentamos, la vieja agitó una varita llena de protuberancias y al instante sus calaveras de ojos llameantes nos rodearon y nos cerraron el paso. Yo estaba a punto de poner en práctica una maniobra acrobática de fuga, cuando Rebecca recordó el cuento de Vassilissa y me agarró de una patita.

—¿Cómo es eso? ¿Acabáis de llegar y ya queréis iros? —graznó la bruja—. Entrad, entrad en mi humilde morada...

Era un sitio horripilante, lleno de búhos y cuervos disecados. Había telarañas en todas las esquinas,

y por el suelo correteaban ratas enormes. La muñeca ladrona nos miraba sonriente desde una mecedora de madera que había junto a la pared. ¡Todo era culpa suya!

—Vaya, vaya, mira qué tenemos aquí... —Baba Yaga daba vueltas a nuestro alrededor—. Un murciélago, dos niños con buen color y uno regordete como un cerdito. ¡A partir de ahora seréis mis esclavos y haréis todo lo que os ordene!

—¿Y si nos negamos? —replicó Rebecca.

Por toda respuesta, la bruja me agarró de un ala y, antes de que Rebecca pudiera reaccionar, me ence-

rró en una jaula para pájaros que colgaba del techo. Después se inclinó hacia mi amita, la miró fijamente a los ojos y dijo:

—Si os negáis, no me quedará otro remedio que asaros a fuego lento. Así que ¿te gusta mi propuesta?

—¡Muchísimo! —gimió Leo; por suerte respondió antes que su hermana, que estaba roja de rabia—. Estoy deseando empezar. ¿Qué quiere que hagamos, señora?

—¡Señora! ¡Así me gusta! Empezaremos con algo fácil: cuando vuelva, quiero que la comida del horno esté lista y la cena, servida.

—¿Cena? —dijo Leo, atónito—. Pero ¡si es más de medianoche!

—Sí, reconozco que es un poquito pronto. Pero si al volver no está preparada, ¡os comeré a vosotros! —exclamó antes de salir volando en su caldero.

—¡Está loca! —exclamó Leo en cuanto nos quedamos solos; luego abrió la puerta, decidido a escapar—. ¡Tenemos que largarnos de aquí!

—¡Quieto, Leo! —gritó Martin—. Un paso más y acabarás chamuscado.

Leo miró fuera: las calaveras de la valla se habían vuelto hacia nosotros y nos apuntaban con sus llameantes ojos. La única puerta de la cabaña era una vía sin salida.

—¡Quiero volver a casa! —chilló mi amigo—. ¡Quiero volver con mamá!

—Volveremos a casa, te lo prometo —lo tranquilizó Martin—. Pero primero tenemos que evitar acabar achicharrados. Así que manos a la obra.

Abrieron el horno y miraron dentro.

—¡Alucina gelatina! —exclamó Leo—. ¡Aquí hay comida para diez personas! ¿Por qué no damos un bocadito? ¡Me muero de hambre!

—¡Ni se te ocurra, Leo! —le regañó su hermana—. Vamos a buscar cerillas para encender el fuego.

Buscamos por toda la casa, pero no había cerillas en ningún sitio.

—Lo ha hecho a propósito —se quejó Leo—. Esa vieja solo busca una excusa para zampársenos.

—Calla, Leo. Déjame pensar... —pidió Martin.

Nos estábamos devanando los sesos buscando alguna solución, cuando vimos que algo se movía en la mecedora. ¡Era la muñeca! Se había despertado de golpe y sacudía la cabeza como si saliera de una pesadilla. Bajó de la mecedora de un salto y fue hacia el horno a pasitos cortos. Después abrió la portezuela de la leña y con un gesto de la mano encendió el fuego mientras nosotros la mirábamos alucinados. A continuación, se volvió hacia la mesa y con un simple movimiento de brazos dispuso una vajilla de plata, copas de cristal y un candelabro en el centro. Para acabar, abrió el horno y las fuentes salieron volando, con la comida cocinada al punto, y se posaron en el mantel.

De repente oímos un remolino de viento en el exterior. La muñequita se subió a la mecedora justo cuando Baba Yaga abría la puerta y entraba como una tromba.

—¿Y bien? ¿Está lista la cena? —gritó.

Al ver la mesa preparada, nos miró con cara de sorpresa.

—Mmm... ¡bien!

Entonces se sentó, agarró el tenedor y el cuchillo y se lo zampó todo en menos que canta un gallo.

Cuando acabó, cogió la muñeca y se sentó en la mecedora, de espaldas a nosotros.

—No estarás ayudando a esos niños, ¿eh? —le dijo a la muñeca abrazándola—. Ya sabes lo que te espera si descubro que me has traicionado...

Entonces la tocó con la varita y pronunció las siguientes palabras:

Despierta, sierva fiel,
vuela como el viento
¡y tesoros de plata tráeme a cientos!

La muñequita se puso en pie y salió por la puerta caminando rígida como un robot. O mejor dicho, ¡como alguien que se halla bajo un hechizo!

De repente todo estaba claro: quién robaba y, sobre todo, ¡quién ordenaba los robos!

9

LA FUGA DEL SIGLO

Justo después de que la muñeca se marchara, la bruja se quedó dormida y por fin pudimos hablar entre nosotros.

—¿La feriante y Baba Yaga son la misma persona? —preguntó Rebecca—. ¿Cómo es posible?

—No lo sé —respondió Martin—. Pero si la muñeca no nos hubiera ayudado, a estas horas estaríamos en la panza de esa bruja.

—¿Quieres parar? —replicó Leo, enfadado.

—Me pregunto por qué nos ha ayudado —dijo Rebecca—. Primero roba en casa y luego nos salva de... acabar asados. No tiene sentido.

Martin se quedó pensativo.

—Sí tiene sentido... —replicó—. ¿Recordáis la historia de Vassilissa? La chica se salva de Baba Yaga gracias a la muñeca mágica. Quizá estemos reviviendo la misma situación...

—¡O quizá te falte un tornillo! —exclamó Leo poniéndose en pie—. Pero ¿qué dices? No estamos en un cuento de hadas: ¡estamos prisioneros en la casa de una feriante! Una loca que usa una muñeca mecánica para cometer robos. ¡Tenemos que salir de aquí y avisar a la policía!

—¿Ah, sí? —dijo Rebecca—. ¿Y cómo piensas hacerlo con esas calaveras ahí fuera?

—¿Y si salimos por detrás? —propuso Leo.

—No hay ninguna salida trasera.

En ese momento una rata del tamaño de un gato

pasó corriendo por la pared y nos dio un susto de muerte. Al llegar a la esquina desapareció en la oscuridad.

Martin se incorporó.

—¡Claro! ¡Las ratas! ¿Cómo no he caído antes?

Leo puso los ojos en blanco.

—Estamos en peligro y este cerebrín piensa en las ratas...

—La verdad es que pensaba en Ba —lo corrigió Martin.

—¿En mí? —dije yo desde mi jaula—. ¿Cuántas veces tengo que deciros que no soy una rata?

—Pero tienes su mismo tamaño —replicó Martin—. Puedes pasar por donde ellas pasan.

Dicho esto, se puso en pie e iluminó con su linterna las tablas de madera que cubrían las paredes: ¡al fondo de todo había un hueco!

—¿Tengo que meterme ahí dentro y arriesgarme a toparme con una rata peluda? —pregunté, incrédulo.

—Exacto —asintió Martin—. Y cuando estés lo suficientemente lejos de las calaveras, podrás ir volando a pedir ayuda. Fácil, ¿verdad?

—¡Facilísimo! —repliqué yo—. Solo hay un pequeño inconveniente: ¿cómo salgo de esta jaula?

—Ese, con toda seguridad, es un problema menor... —intervino Leo, que había sacado su navaja multiusos.

Mientras Martin vigilaba a la bruja, Rebecca se subió a los hombros de Leo y me tendió la navaja. Conseguí cogerla, la pasé entre los barrotes y cuando estaba de lo más concentrado intentando abrir la jaula, un gruñido de Baba Yaga me heló las patas.

—Me convertiré en reina... ¿entendido? ¡Reina! —murmuró la bruja en sueños, y acto seguido continuó roncando.

Tenía que darme prisa. Giré la navaja dentro de la cerradura y... ¡clic!

—¡Muy bien, Bat! —susurró Rebecca—. ¡Vuela lo más rápido que puedas y busca ayuda!

Me metí por el hueco de la pared y salí al exterior envuelto en la más profunda oscuridad. Di un gran rodeo para evitar la mirada de las calaveras y volé en la dirección que me indicaba mi sentido de la orientación.

10

«¿A QUIÉN LLAMAS "RATA CON ALAS"?»

Por lo visto, a los pocos segundos de mi fuga, Baba Yaga se despertó, fue a la puerta y la abrió. Se apartó un mechón de pelo de su cara de bruja y observó la oscuridad.

—¿Dónde se ha metido esa boba? —graznó—. ¿Dón...? ¡Ah, ahí llega!

La muñeca aterrizó en la mesa de la cabaña y dejó caer un pesado saquito de piel. Después se sentó e inclinó la cabeza. Parecía agotada y tenía un brazo medio descosido, como si alguien hubiera intentado arrancárselo.

La vieja se acercó y abrió el saquito, del que rodaron varios objetos de plata: anillos, collares, broches...

—¡Ja, ja, ja! —Baba Yaga rió—. ¡Cuánta plata! Dos o tres golpes más como este y tendré más plata que las demás brujas. ¡Y cuanta más plata tiene una bruja, más poderosa es! Y la bruja más poderosa se convierte en... ¡reina!

¡Ese era el plan de aquella vieja loca! Quería convertirse en la reina de las brujas y para conseguirlo utilizaba a la muñeca como cómplice. ¿Una cómplice mecánica, como decía Leo, o una muñeca hechizada? ¿O era un juguete mágico como el del cuento de Vassilissa?

—¿Qué te has hecho en el brazo? —preguntó la bruja—.

¿Cómo dices? ¿Un perro te ha perseguido y te ha mordido? Pues ve con cuidado o tendrás que trabajar con un solo brazo. Hablando de trabajar... —Acababa de acordarse de nosotros—. ¡Arriba, gandules! Casi ha amanecido. Ya habéis descansado bastante, y vuestro murcié... ¡Se puede saber qué ha pasado! —gritó al ver la jaula vacía—. ¿Dónde se ha metido esa rata con alas? Muñeca, ve a por él y tráemelo. ¡Será mi desayuno!

Si hubiera oído aquello con mis propias orejas, me habría desmayado. Por suerte, no estaba allí, sino buscando desesperadamente una solución con el cerebro nublado por el remiedo.

11

CHOQUE EN CADENA

El sol estaba a punto de salir, y yo me encontraba muy lejos de la feria, cuando mi sónar detectó algo a mis espaldas. Me volví y vi abalanzarse sobre mí a Ojos Azules con su mueca de costumbre. Conseguí esquivarla, pero ella volvió a la carga.

—Te gusta el juego duro, ¿eh? —le dije—. ¡Bien! ¡A ver si me coges!

Esta vez le tocaba a ella perseguirme, pero yo le

llevaba ventaja: me conocía Fogville como la palma de la mano.

Al enésimo cambio de dirección, me di la vuelta y no la vi. Lancé una risita: la había despistado. Estaba tan contento que seguí volando de espaldas, infringiendo la primera regla del vuelo acrobático: «Mira siempre por dónde vas».

Y acabé chocando contra algo grande pero por suerte blando. Reboté y caí al suelo. Después oí un grito y al levantar la vista vi la gigantesca silueta de... Ludmilla.

¿Qué estaba haciendo allí a aquellas horas de la mañana?

No me dio tiempo a pensar en una posible respuesta porque la mujer empezó a aporrearme con su bolso.

—¡Monstruo horrible! ¡Aléjate de mí! ¡Toma, y toma, y toma!

Estaba a punto de desmayarme cuando algo la golpeó y le hizo perder el equilibrio. Me incorporé para mirar: frente a Ludmilla, sentada en el suelo, estaba Ojos Azules.

«¡Qué suerte! Salvado por mi perseguidora», pensé.

La asistenta cogió la muñeca y empezó a hablarle con dulzura.

—*Tryapichnaya kukla*... Muñequita mía, ¿qué haces aquí? ¿Qué te ha pasado en el brazo? Espera, ahora te lo arreglo.

La mujer se sentó en un banco, abrió el bolso, sacó hilo y aguja y se puso a coser el brazo de la muñeca. Yo quería irme enseguida, pero la cabeza me daba vueltas como una peonza y me quedé. Ludmilla, entretanto, cosía y le hablaba a la muñeca.

—A mí tampoco me va muy bien, ¿sabes? La señora Silver sospecha de mí. Cree que le he robado la tetera de plata. Se lo he oído decir a su marido. Yo no soy una ladrona. En cualquier caso, he decidido coger mis cosas e irme. No puedo quedarme en un sitio donde no se fían de mí. ¿Sabes? Estoy casi segura de que todo esto lo han organizado los antipáticos de sus hijos para librarse de mí. Espero que venga Baba Yaga y se los lleve, así aprenderán.

Al oír aquello sentí un escalofrío. En cambio la muñeca se despertó y sacudió la cabeza como había hecho antes en la cabaña de la bruja. Sus movimientos eran naturales, en absoluto rígidos, como si el hechizo que la tenía prisionera se hubiera roto por un instante. Se examinó el brazo cosido y después se volvió hacia Ludmilla, que la miraba como si la escuchara. Tanto que dijo:

—¿De verdad? ¿En la feria? ¿Qué hora es? Ya es demasiado tarde. Baba Yaga les habrá encargado una tarea imposible... ¡Pobres chicos! ¡Qué final tan terrible! Lo siento, muñequita, no podemos hacer nada por ellos. Pero yo puedo hacer algo por ti. Te enseñaré la poesía que aprendí de mi madre...

Ojos Azules la escuchó, o al menos eso pareció, y después se volvió despacio hacia mí y volvió volando por donde había venido. Ahora que ya tenía los dos brazos y yo estaba fuera de combate, ¡regresaba con su propietaria para presenciar el final de mis amigos!

12

¡MALA COSA, EL HAMBRE!

Ludmilla se fue en la misma dirección y yo me quedé completamente solo y dolorido.

¿Qué podía hacer? En menos de una hora sonaría el despertador de la señora Silver, su marido entraría en la habitación de los chicos para que bajaran a desayunar y... ¡no quería ni pensar en ello! Acababa de escapar de la prisión de Alcatraz y tenía que volver allí para intentar salvar a mis compañeros de celda.

Respiré hondo tres veces y regresé sobre mis pasos.

La feria todavía no había abierto; las vagonetas estaban paradas. Miré hacia la taquilla: no había señales de vida. Pero, de repente, las vagonetas empezaron a moverse solas. ¿Quién las había puesto en marcha? Sin hacerme muchas preguntas, me metí de un salto en la primera y me escondí. ¡Ya estaba dentro!

Los monstruos que aparecían para asustarme casi me daban risa. Me fijé en los tesoros que habíamos visto la primera vez junto a las vías: ¡eran indudablemente de plata auténtica! Y en uno de los montoncitos, a pesar de la oscuridad, me pareció ver la tetera de la señora Silver.

Aproveché que estaba oscuro para salir de la vagoneta y busqué el camino que llevaba al Tenebroso Bosque del Terror. ¿Qué habría pasado entretanto? Pues lo que había supuesto Ludmilla. La bruja, ra-

biosa por mi huida, había regresado a la cabaña y había arremetido con furia contra los hermanos Silver.

La conversación fue más o menos así:

—Vuestro murciélago ha conseguido escapar, pero vosotros no tendréis tanta suerte. Os doy diez minutos para limpiar la casa. Si cuando vuelva no brilla como un espejo...

—Se nos come, ya —se burló Rebecca—. ¡Menuda imaginación!

—Más vale que no te hagas la graciosa, jovencita, o serás la primera en ir al horno. Ah, y cuando llegue, quiero el desayuno preparado.

Dicho esto, se metió en su caldero de un salto y salió volando usando el mazo a modo de remo.

—¡Hambre! ¡Ella habla de hambre! —aulló Leo en cuanto se quedaron solos—. Si no como algo pronto me desmayaré.

—¡Deja de quejarte! ¡Tenemos problemas más importantes! —le regañó Rebecca.

—Limpiar la casa, preparar el desayuno... Habría que hacer magia otra vez —dijo Martin.

En ese momento llegué cerca de la cabaña y vi que la bruja salía como una flecha y poco después entraba Ojos Azules bajo la atenta mirada de las calaveras, que la reconocieron y la dejaron pasar. ¿Qué intenciones tenía? ¿Buenas o malas?

Tenía que entrar a toda costa y averiguarlo. Pero antes de que pudiera mover un ala, sentí sobre mí los llameantes ojos de las calaveras.

¡Me habían descubierto!

13

MURCIÉLAGO ES SINÓNIMO DE CEREBRO

Sabéis qué es una persecución acrobática? Es una carrera en la que el perseguidor no afloja y el que huye se inventa lo que sea para que no lo atrapen. Es decir, lo que tuve que hacer yo para salvar el pellejo. Detrás de mí volaban unas veinte calaveras de ojos llameantes. Entonces recordé un dicho de mi primo Ala Suelta, miembro de la patrulla de vuelo acrobático: «Sin cerebro no puedes triunfar, si a un murciélago te vas a enfrentar».

Así que apreté los dientes, plegué las alas y, ágil como una saeta, me lancé en picado hacia los árboles más frondosos. Dicho sea con modestia, en la técnica del Slalom Alado no tengo rival, ni siquiera en el curso de vuelo acrobático, y con la Pirueta de la Muerte también soy bastante bueno. Tanto que las calaveras, al intentar seguirme, chocaron una tras otra contra las ramas de los árboles y acabaron rodando por el suelo como cocos abollados.

Entré en la cabaña tan rápido como pude y me quedé sin habla: el interior brillaba como si la hubiera limpiado Ludmilla y el desayuno estaba listo y

humeante en la mesa. Rebecca, sentada en la mecedora, tenía a Ojos Azules en el regazo.

—¡No te fíes de ella! —exclamé—. ¡La muñeca y la bruja son cómplices!

—Pero ¿qué dices, Bat? —replicó Rebecca—. Si no fuera por ella, Baba Yaga ya nos habría cocinado hace tiempo.

—Todavía no está todo dicho —repliqué—. ¡Vámonos de aquí ahora mismo!

—¿Qué hacemos con las calaveras? —preguntó Leo.

—Ya me he encargado de ellas —contesté.

—¡Eres genial, Bat! Entonces ¿listos? —preguntó Martin—. Cuando diga tres, salimos.

Alargó el brazo hacia la puerta, pero algo lo detuvo: la boca con dientes que había en el lugar de la cerradura lanzó un gruñido y le impidió abrir.

—¡De eso nada! —exclamó Martin intentando domar los colmillos con un palo que acabó triturado como un bastoncito de pan.

—Si no lo veo, no lo creo... —comentó Leo, impresionado—. ¡Esa boca está más hambrienta que yo!

—¿Hambrienta? —repitió Rebecca—. ¡Qué buena idea, Leo!

Mi ama se acercó a la mesa y fue cogiendo todo lo que había y pasándoselo a la boca devoradora: pollo, salchichas, pastel de carne, patatas y col estofada, tarta de manzana, rosquillas...

La puerta se zampó el desayuno de la bruja, soltó un ruidoso eructo y se calmó.

Cuando Martin se acercó de nuevo al pomo, una ráfaga de viento abrió la puerta de golpe y apareció la bruja riendo.

—¡Mirad quién ha vuelto! ¡La rata voladora! He ido a poner en marcha las vagonetas y me he encontrado con que ya lo estaban. Apuesto a que has sido tú. Ya veo: querías darte un paseo gratis y has vuelto.

Después se acercó a Ojos Azules, que se apretó contra la pared, asustada.

—¡Y tú, traidora! ¿Creías que no me daría cuenta de tus trucos? —dijo apuntándola con la varita—. Estos tres pequeñajos no habrían podido hacer nada sin la ayuda de tu magia. ¡Ahora me las pagarás! ¡Toma!

Un rayo azul salió de la punta de la varita hacia la muñeca y la lanzó contra el suelo, donde se quedó inmóvil.

¡Por el sónar de mi abuelo! ¡Eso significaba que sí que estaba de nuestra parte! Pero ahora ya no podía ayudarnos.

—Vamos a lo nuestro, chicos —dijo entonces Baba Yaga—. En vista de que el desayuno no está preparado, tendré que hacérmelo yo.

Bastó un movimiento de varita para que se encendieran unas llamas altísimas en el horno. Otro movimiento de varita y unas manos terroríficas nos agarraron, nos levantaron del suelo y nos arrastraron hacia la boca de llamas. ¡Menudo fin nos esperaba!

14

BRUJA MALVADA, BRUJA BARBUDA

No sé por qué, pero cuando me encuentro en este tipo de situaciones siempre pienso en mi madre, Güendolina.

Ella, al acostarnos, siempre nos recitaba un poema para protegernos de Splat, el malvado murciélago gigante que se llevaba a los jóvenes murciélagos caprichosos. En aquel momento, con los ensordecedores gritos de Leo y la boca del horno cada vez más cerca, intenté recordarlo. ¿Cómo era?

Que tu calabazota pelada y mondada
aparezca en la ensalada.
Estira y peina a tu gusto
la barba que te salga del susto.

Martin y Rebecca me miraron y Leo se calló. ¿Y la bruja? Ella lanzó un grito y, al llevarse las manos a la cabeza, dejó caer la varita y los cuatro quedamos libres.

—Maldita rata, ¿qué le has hecho a mi cara? —gritó la bruja.

¡Se había quedado calva y le había crecido una larga barba!

Venciendo mi remiedo, recogí la varita antes que ella y volé hacia la puerta.

—¡Por aquí, rápido! —grité a mis amigos, que me siguieron a toda prisa.

Cuando llegamos a la valla oímos un cacareo de gallina a nuestra espalda: ¡cuál sería nuestra sorpresa cuando nos volvimos y descubrimos que la cabaña entera sobre dos patas corría hacia nosotros!

Cruzamos lo más rápido que pudimos el bosque embrujado, con Baba Yaga pisándonos los talones.

—¡Ahí está la salida! —grité al reconocer el camino que había seguido la primera vez.

Pero en esta ocasión la bruja no se quedó en el Tenebroso Bosque del Terror: ella y la cabaña se plantaron en medio de la feria.

—¡Dividámonos! —gritó Martin.

La bruja salió montada en su escoba y empezó a perseguirme. Estaba decidida a recuperar su varita. En ese momento las atracciones se pusieron en marcha todas a la vez y empezó la diversión. Justo cuando acababa de atravesar la noria, me encontré a Leo en la montaña rusa.

—¡Pásame la varita, Bat! ¡Tíramela!

Se la lancé. Baba Yaga derrapó con la escoba y se abalanzó sobre Leo. Cuando estaba a punto de alcanzarlo, Martin pasó a su lado en la canoa que recorría las Mil Cascadas y la varita pasó a sus manos. Después le tocó a Rebecca, que llegó en un kart, a Leo otra vez, que ahora estaba en la torre panorámica, y de nuevo a Martin, que había subido a la montaña rusa. La bruja, cada vez más furiosa, volaba de una atracción a otra despotricando contra nosotros. Podríamos habernos pasado un buen rato así, pero se acercaba la hora de levantarse en casa de los Silver y había que volver. Así que silbé y le indiqué a Martin que se diera prisa. Justo cuando estaba llegando a la última bajada, a Baba Yaga se le ocurrió una idea que no estaba nada mal: fue al panel de control ¡y cortó la corriente! Las atracciones se detuvieron de golpe y Martin, que casi salió volando de la vagoneta, soltó la varita. La bruja barbuda logró recuperarla sin problemas.

—¡Y ahora se acabó la diversión de una vez por todas! —gritó.

¡Por el sónar de mi abuelo! Casi lo habíamos conseguido y volvíamos a estar en el punto de partida, en fila y frente a Baba Yaga, que nos apuntaba con su «arma».

—¡De vosotros solo quedará un montoncito de cenizas! —exclamó mientras la puerta de la cabaña se abría de par en par a sus espaldas.

Entonces hubo un estruendo, rayos, flechas, humo y un terrible olor a quemado. ¿Seguíamos vivos?

15

FUEGOS ARTIFICIALES

Seguíamos vivos, pero habíamos volado a una buena distancia. Entre el humo me pareció ver la silueta de una muñeca. Tenía los brazos extendidos hacia Baba Yaga, que había acabado cabeza abajo en una vagoneta de la montaña rusa.

La bruja, toda magullada, se dio la vuelta y gimió:

—¡Ay, menudo golpe! Pobre de mí...

Entonces vio a Ojos Azules y abrió mucho los ojos, incrédula. Le apuntó con la varita y rugió como un león, pero antes de que pudiera abrir la boca, la muñeca alzó los brazos y envolvió a la bruja en un remolino de viento y nieve que se dirigió directamente al Tenebroso Bosque del Terror. Después oímos el ruido de un caldero a punto de hervir y unas explosiones que lo rompieron todo en mil pedazos.

Seguíamos tosiendo por el humo cuando sonaron a nuestra espalda unos gritos que conocíamos bien.

—¡Muñequita mía, estás a salvo!

—¡Mira esa! —gritó Leo, enfadado—. Se preocupa más por la muñeca que por nosotros.

—Eso no es del todo cierto —replicó, ofendida, Ludmilla—. Además, sin ella habríais acabado muy mal.

Cuando llegó la policía solo encontró un montón de escombros en el Tenebroso Bosque del Terror y a la grandota de Ludmilla. La asistenta nos había mandado a casa (llegamos antes de que los señores Silver se despertaran) y se quedó vigilando el botín; antes los chicos recuperaron un anillo y una tetera. Así que

Ludmilla se llevó todo el mérito de haber desenmascarado y atrapado al único miembro de la banda Birla Plata: una viejecita llena de pelos en la cara que no paraba de repetir que era una bruja poderosísima. La televisión entrevistó a la asistenta; no dijo nada sobre Baba Yaga ni sobre muñecas mágicas. Tampoco contó que había liberado a Ojos Azules del hechizo de la bruja con un poema que su madre le recitaba antes de acostarla para protegerla de los peligros de la noche.

¿Que cómo lo sé? Porque me lo explicó ella misma. Aquella mañana la señora Silver encontró la

tetera en otro armario del vestíbulo y al ver a Ludmilla en televisión se dio cuenta de su error. Así que la llamó y se disculpó por haber sospechado de ella. Si hubiera descubierto que su hijo Martin había colocado astutamente la tetera en otro armario o que Leo se había encargado de distraerla mientras Rebecca metía el anillo de compromiso en el joyero…

Por suerte, no se enteró de nada. Ludmilla se quedó hasta que la pierna de la señora Silver se curó. Antes de irse quiso despedirse de la pequeña Ojos Azules.

—Tratadla siempre bien —nos aconsejó—. ¡Creo que es mágica!

De hecho, a veces tengo la sensación de que por las noches se da una vuelta por la casa, pero prefiero hacer como si nada. ¡No me gustaría llevarme otra sorpresa desagradable! Hago bien, ¿no?

Un saludo «mágico» de vuestro

Bat Pat

ÍNDICE

BAT PAT

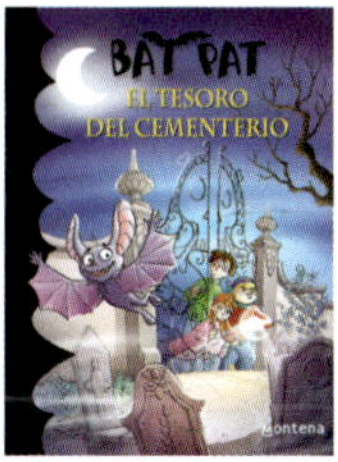

1. EL TESORO DEL CEMENTERIO

2. BRUJAS A MEDIANOCHE

3. LA ABUELA DE TUTANKAMÓN

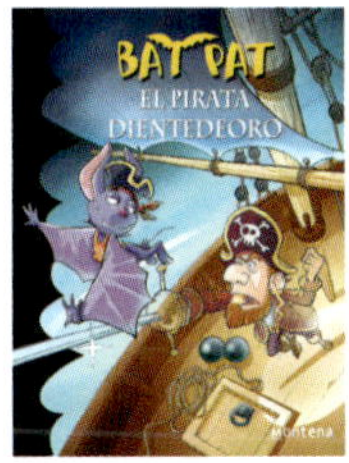

4. EL PIRATA DIENTEDEORO

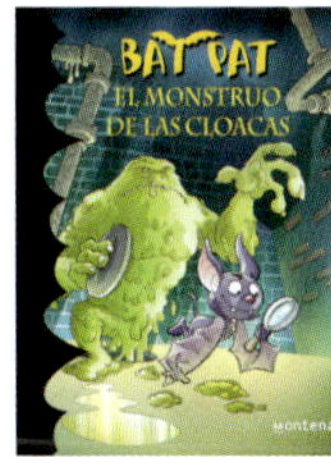

5. EL MONSTRUO DE LAS CLOACAS

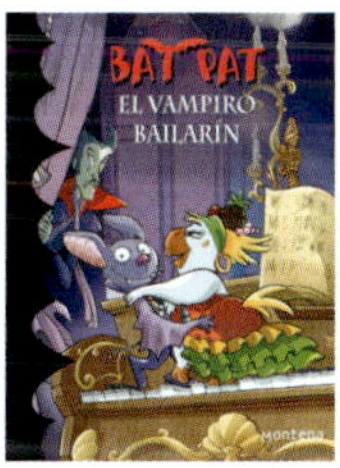

6. EL VAMPIRO BAILARÍN

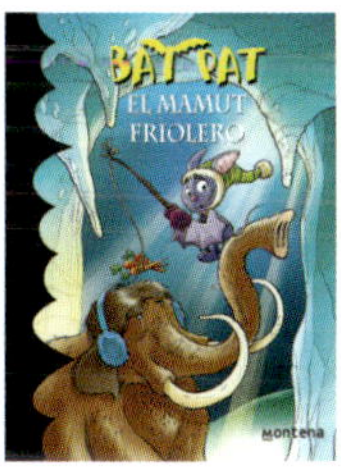

7. EL MAMUT FRIOLERO

8. EL FANTASMA DEL DOCTOR TUFO

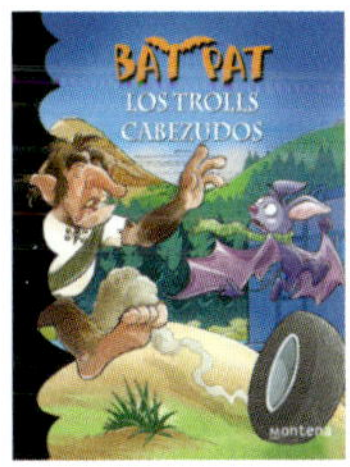

9. LOS TROLLS CABEZUDOS

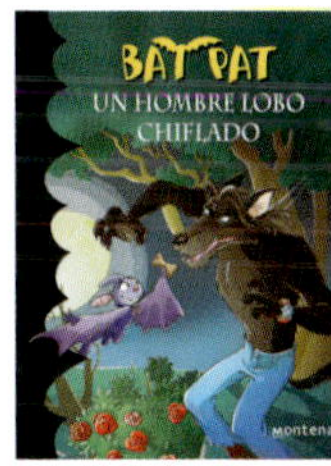

10. UN HOMBRE LOBO CHIFLADO

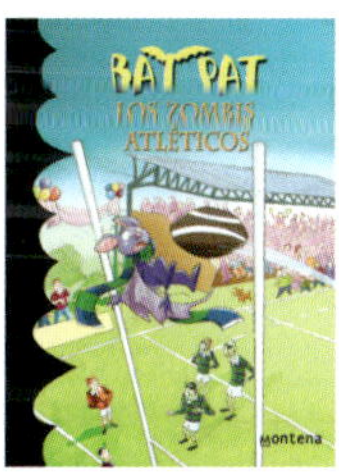

11. LOS ZOMBIS ATLÉTICOS

12. LA ISLA DE LAS SIRENAS

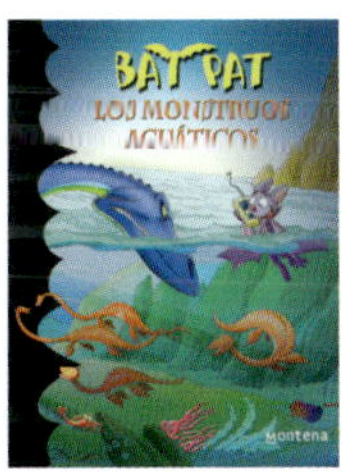

13. LOS MONSTRUOS ACUÁTICOS

14. LA CASA EMBRUJADA

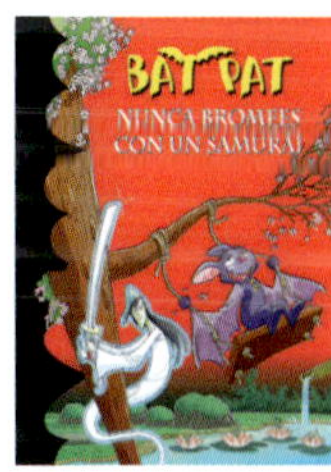

15. NUNCA BROMEES CON UN SAMURÁI

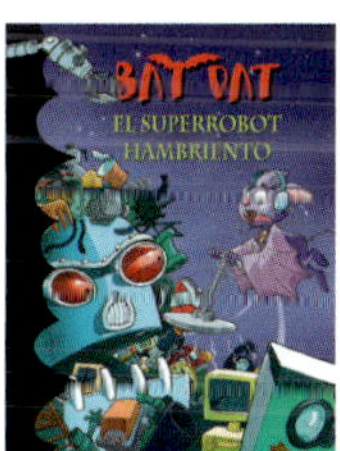

16. EL SUPERROBOT HAMBRIENTO

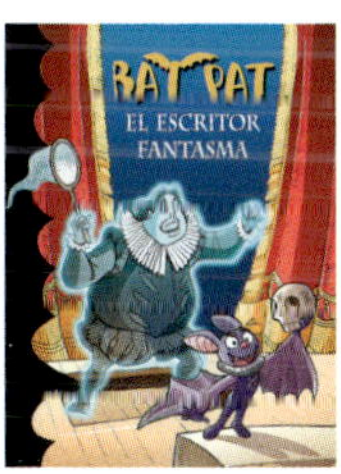

17. EL ESCRITOR FANTASMA

18. EL RETORNO DEL ESQUELETO

19. EL ÚLTIMO ORCO

20. EL ABOMINABLE PUERCO DE LAS NIEVES

21. EL ABRAZO DEL TENTÁCULO

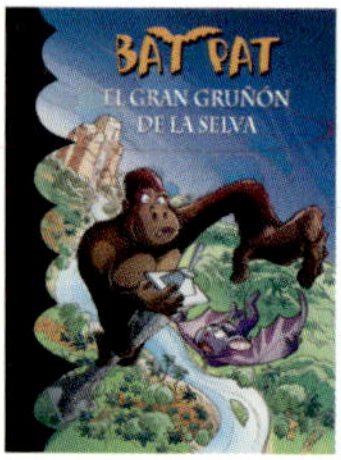

22. EL GRAN GRUÑÓN DE LA SELVA

23. EL DESPERTAR DE LAS GÁRGOLAS

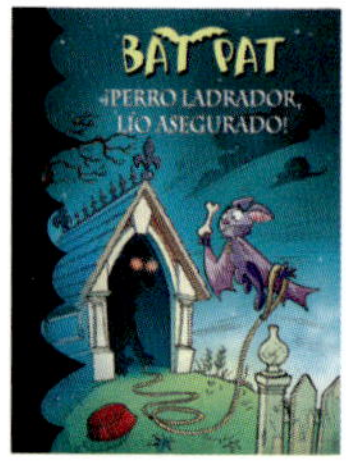

24. ¡PERRO LADRADOR, LÍO ASEGURADO!

25. LA COMEDORA DE MOSQUITOS

26. UN LÍO DE OCHO PATAS

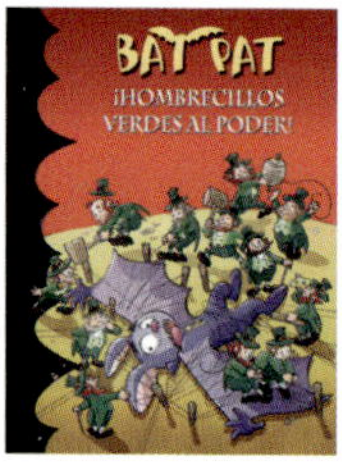

27. ¡HOMBRECILLOS VERDES AL PODER!

28. ¡LIBERAD AL MONSTRUO!

29. EL CÍCLOPE GAFOTAS

30. ¡RAYOS Y BELLOTAS!

31. EL PARQUE ENCANTADO

32. EL GATITO DE ALTAMIRA

Disponible en el App Store

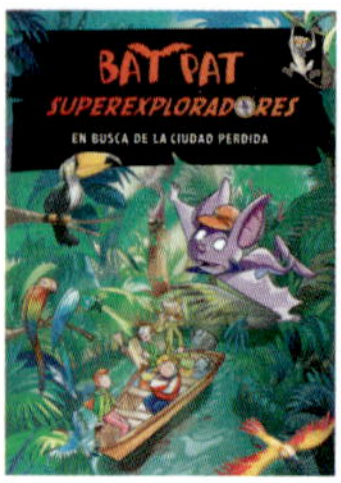

1. EN BUSCA DE LA CIUDAD PERDIDA

2. LA NARIZ DE LA ESFINGE

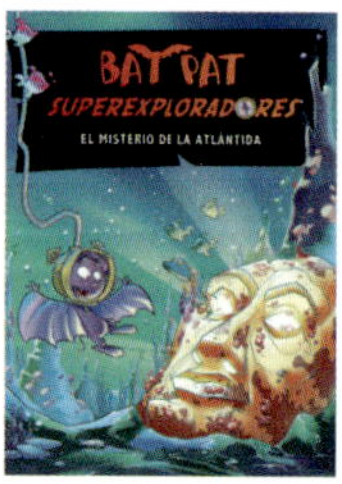

3. EL MISTERIO DE LA ATLÁNTIDA

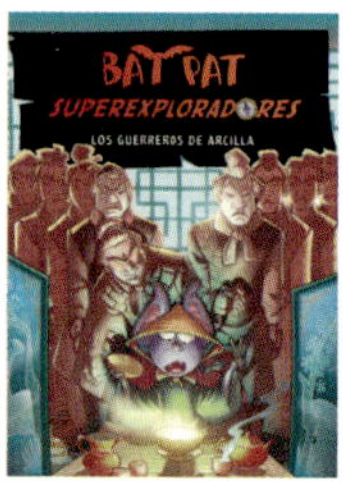

4. LOS GUERREROS DE ARCILLA

5. EL ENIGMA DE LAS CABEZAS DE PIEDRA

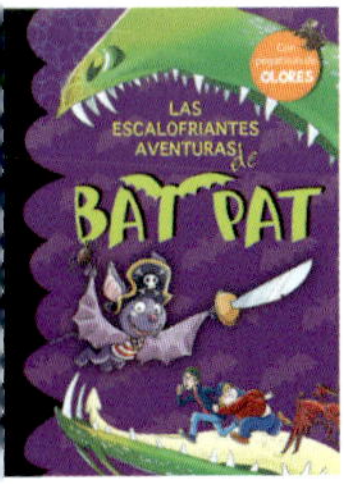

LAS ESCALOFRIANTES AVENTURAS DE BAT PAT

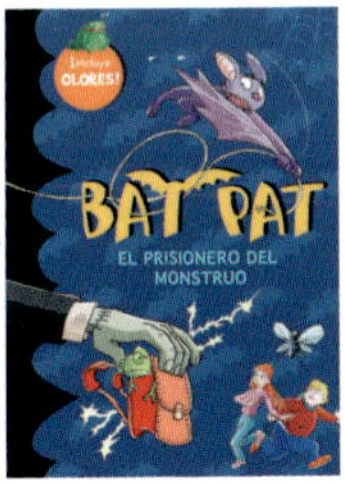

EL PRISIONERO DEL MONSTRUO

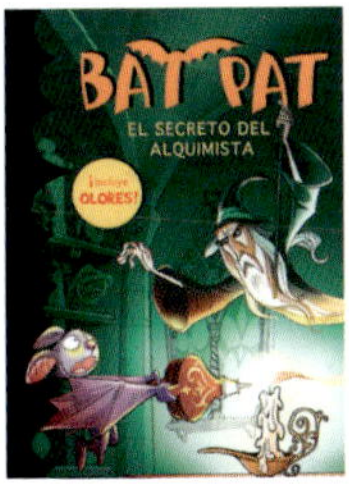

EL SECRETO DEL ALQUIMISTA

EL MUSEO DE LOS CONJUROS

REGRESO AL JURÁSICO

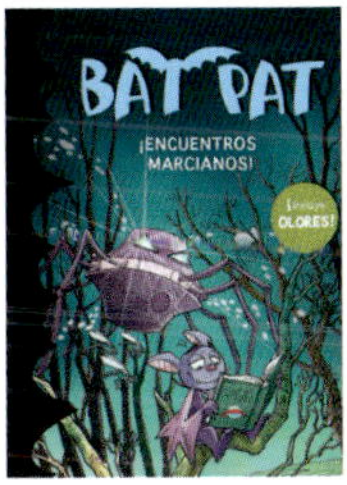

¡ENCUENTROS MARCIANOS!

LA SERPIENTE DEL SOL

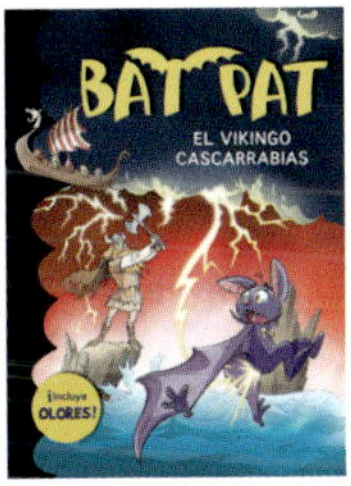

EL VIKINGO CASCARRABIAS

EL CAZADOR DE DRAGONES

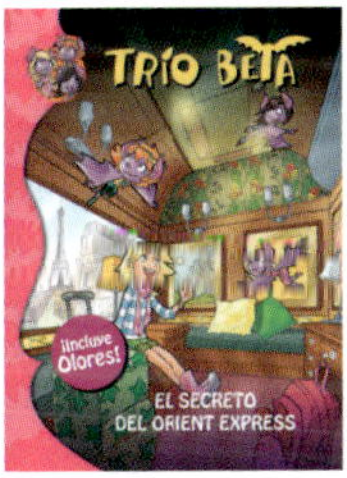

EL SECRETO DEL ORIENT EXPRESS

EL CASO DE LADY BRITANIA

1. CUATRO AMIGAS PARA UN MISTERIO

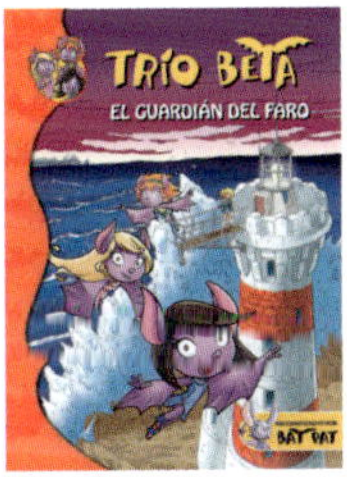

2. EL GUARDIÁN DEL FARO

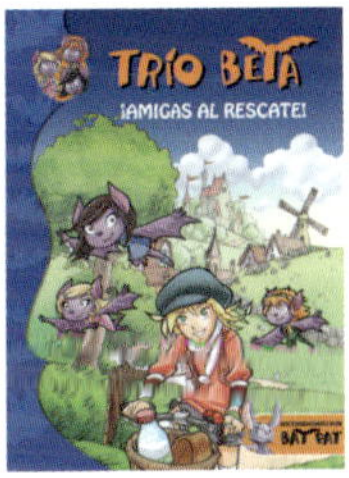

3. ¡AMIGAS AL RESCATE!

4. UN ROBO DE CINE

5. LAS REINAS DEL ROCK

6. ESTRELLAS SOBRE HIELO

7. UN TESORO OLVIDADO

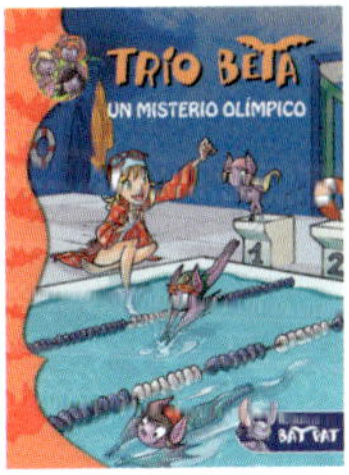

8. UN MISTERIO OLÍMPICO